ふみ／濱本　寛子（大阪府24歳）
「家族」への手紙（平成6年）入賞作品
え／下地　朝代（奈良県24歳）
「瞬く街」第9回（平成15年）入賞作品

母さんが
背負ってきた
ネオンの夜は
私を……
背負うためだったのですね。

文・濱本寛子
絵・下地朝代

ふみ／村田佳津男（石川県24歳）
「家族」への手紙（平成6年）入賞作品
え／吉田　恭子（東京都33歳）
「おばあちゃんになってもおシャレしたい」
第12回（平成18年）入賞作品

ぶ厚い唇《くちびる》に紅をつけて
上京してきた母は

思いより
しおれたように見えました。

文・村田佳津男
絵・吉田恭子

ふみ／川越　俊夫（京都府44歳）
「母」への手紙（平成5年）入賞作品
え／穐岡　渚（愛媛県17歳）
「I LOVE わんこ」第12回（平成18年）応募作品

今でも
弟の方が
気になるか。
もうどちらでも
いいけど。
今はもう
いいけど。

文・川越俊夫
絵・穐岡渚

「バカヤロウ
クソばばあ」

元気になった
あなたに
この憎まれ口を
また言ってみたい。

文・永田耕三
絵・島　美里

ふみ／永田　耕三（岐阜県 29歳）
「母」への手紙（平成5年）入賞作品
え／島　美里（徳島県 16歳）
「鬼ババア」第12回（平成18年）入賞作品

カアチャン……

母の日
来年もあると思っていた。
ごめんね。
十八年たっても悔んでいる。
これからも……

文・諏訪野ゆり
絵・河内 道江

ふみ／**諏訪野ゆり**（北海道30歳）
手紙「母への想い」（平成9年）入賞作品
え／**河内 道江**（広島県50歳）
「のら（野良）」第7回（平成13年）入賞作品

おかあさん
きょうはスカートはいてる。
かわいいなあ。

ぼくは
そっちのほうが
すきだよ。

ふみ・二野宮三郎（五歳）
え・続木 詩菜（六歳）

ふみ／二野宮三郎（広島県 5歳）
手紙「母への想い」（平成9年）入賞作品
え／続木 詩菜（愛媛県 6歳）
「お花畑であそぼう」第12回（平成18年）応募作品

ぼくは
かあさんを
にくたらしい人だと
思っています。
五ばんめに
すきです。

ふみ・上伏秀平
え・小冷拓也

ふみ／上伏　秀平（福井県７歳）
手紙「母への想い」（平成９年）入賞作品
え／小冷　拓也（愛知県７歳）
「おかあさん」第12回（平成18年）応募作品

ふみ／芝田　芳（愛媛県12歳）
手紙「母への想い」（平成9年）入賞作品
え／玉林　岳夫（愛媛県77歳）
「春の息吹き」第9回（平成15年）入賞作品

お母さんは
美人だから
アワを
ふいても
きれいだなあ。

ふみ・芝田芳
え・玉林岳夫

日本一短い手紙

「母」への想い

〈増補改訂版〉

本書は、平成九年度の第五回「一筆啓上賞―日本一短い手紙『母』への想い」(財団法人丸岡町文化振興事業団主催、郵政省・住友グループ広報委員会後援)の入賞作品を中心にまとめたものである。同賞には、平成九年六月一日〜九月十五日の期間内に六万五七八八通の応募があった。平成十年一月二十九日・三十日に最終選考が行われ、一筆啓上賞一〇篇、秀作一〇篇、特別賞二〇篇、佳作一六〇篇が選ばれた。同賞の選考委員は、黒岩重吾(故)、俵万智、時実新子(故)、森浩一の諸氏であった。本書に掲載した年齢・職業・都道府県名は応募時のものである。小活字で入れた宛先は編集上、追加・削除したものもある。

※なお、この書を再版するにあたり、口絵の8作品「日本一短い手紙とかまぼこ板の絵の物語」を加えるとともに再編集し、増補改訂版とした。コラボ作品は一部テーマとは異なる作品を使用している。

目次

入賞作品

一筆啓上賞・秀作・特別賞

大《おお》きな尻《しり》。幾重《いくえ》もの首《くび》のしわ。足首《あしくび》がない。
でもお母《かあ》さんの中《なか》には白《しろ》い海《うみ》がある。

人間見た目じゃない。うちのお母さんは大きいで。

一筆啓上賞

［郵政大臣賞］

辻　早苗

北海道　17歳　高校

高速道《こうそくどう》が出来《でき》ました。
でも、母《かあ》さんのいないふる里《さと》は
なんだか遠《とお》くなりました。

今年秋田自動車道が前面開通いたしました。

一筆啓上賞

［郵政大臣賞］

小野　直美

宮城県　52歳　会社員

私《わたし》は捨《す》て子《ご》。
あなたのおなかにいて
あなたに拾《ひろ》われたのです。

一筆啓上賞

［郵政大臣賞］

青木　真純

埼玉県　17歳　高校

お母《かあ》さん、あの指輪《ゆびわ》ほしいと言《い》ったら、
死《し》んだらあげるなんて、
もう絶対《ぜったい》いらんちゃ。

一筆啓上賞

［郵政大臣賞］

堀井　民子

富山県　50歳　自営業・事務員

いつの間《ま》にか、両手《りょうて》の上《うえ》にのせて、
ながめていたいような
お母《かあ》さんになりましたね。

「未来へ届ける手紙」おもひでカプセル便

3年・5年・10年・20年後に、あなたの想いを、
未来の家族へ、友人へ、もちろんあなた自身へも、…
手紙のタイムカプセルになって、
郵便を利用してお届けします。

おもひでカプセル便には、
年数ごとに、それぞれ**3**つの**サイズ**があります。
必要な**封筒類**が**入**った**キット**をお**求**めください。

ひぃ 100g
今の気持ちを文字にして手紙で伝えたい…そんな方へ。
「ひぃ」は、便箋なら約10枚程度に対応しています。(240 x 190)
写真なども含めて100gの重さまでお受けします。

ふぅ 250g
記録CDやDVDも一緒に届けたい…という方は。
「ふぅ」は、便箋なら約30枚程度に対応しています。(266 x 197)
写真や、CD、DVDなど合わせて250gの重さまでお受けします。

みぃ EXPACK500
友人や家族、大勢で楽しみたい…という方は。
「みぃ」は、便箋なら重量制限なし。EXPACK500に入るサイズ(320 x 230 x 20)まで、アルバムやビデオテープも入れられます。

キット名		税込価格(円)
3年まで	ひぃ	2,100
	ふぅ	4,200
	みぃ	6,300
5年まで	ひぃ	2,600
	ふぅ	5,200
	みぃ	8,400
7年まで	ひぃ	3,200
	ふぅ	6,800
	みぃ	10,300
10年まで	ひぃ	4,100
	ふぅ	8,900
	みぃ	13,500
13年まで	ひぃ	5,600
	ふぅ	10,800
	みぃ	16,500
15年まで	ひぃ	6,200
	ふぅ	12,300
	みぃ	18,600
17年まで	ひぃ	6,900
	ふぅ	13,700
	みぃ	20,700
20年まで	ひぃ	7,100
	ふぅ	15,700
	みぃ	23,600

おもひでカプセル便には
お**酒**・**花**・**絵本**などを、
手紙に**添**えることも**出来**ます。

お**申**し**込**みや、詳細のお**問**い**合**わせは。

■主催者　(資料請求など、すべてのご質問にお答えします)
(財)丸岡町文化振興事業団　「おもひでカプセル便」係
〒910-0298　福井県坂井市丸岡町霞町1-41-1
tel. 0776-67-5100　fax.0776-67-4747
http://maruoka-fumi.jp
e-mail:bunka@mx2.fctv.ne.jp

● 代理店募集中　全国のみなさまにお気軽にお申し込みいただくために、代理店方式をとっております。詳細は、上記へお問い合わせください。

MEMORIES OF YOU
おもひでカプセル便
福井県坂井市丸岡町

一筆啓上賞
［郵政大臣賞］
木戸　美智好
福井県　58歳　主婦

ぼくは、かあさんを、
にくたらしい人《ひと》だと思《おも》ってます。
五《ご》ばんめに、すきです。

一筆啓上賞

［郵政大臣賞］

上伏　秀平

福井県　7歳　小学校

子供《こども》を育《そだ》てるのって
孤独《こどく》なんですね
あなたも　淋《さび》しいですか

一筆啓上賞
［郵政大臣賞］
竹内 弘美
福井県 42歳

雪《ゆき》のふる中《なか》、校門《こうもん》をくぐるお母《かあ》さん。
僕《ぼく》ははじめて、悪《わる》いことをしたと思《おも》いました。

一筆啓上賞

［郵政大臣賞］

林　真

愛知県　25歳　学生

ボクが元気《げんき》な時《とき》と病気《びょうき》の時《とき》のお母《かあ》さん、
まるでお母《かあ》さんが二人《ふたり》いるみたいだね。

一筆啓上賞

［郵政大臣賞］

大林　佑生

奈良県　10歳

電話代《でんわだい》がかかるといって
一分《いっぷん》で切《き》るのは、やめて下《くだ》さい。
払《はら》うのは、私《わたし》です。

一筆啓上賞
［郵政大臣賞］
上田 愛夏
沖縄県 25歳

母《はは》の日《ひ》、来年《らいねん》もあると思《おも》ってた。
ごめんね。十八年《じゅうはちねん》たっても悔《く》やんでいる。
これからも…。

秀作
［北陸郵政局長賞］
諏訪野　ゆり
北海道　30歳

通《かよ》わない心《こころ》に比《くら》べれば、
交《か》わせない言葉《ことば》なんて、
ちっぽけだなって思《おも》います。

秀作
［北陸郵政局長賞］

小林　紀代美

北海道　31歳

口《くち》に運《はこ》ばれたアイスクリームを
「んめぇ」と食《た》べた、
あの一言《ひとこと》で逝《い》ってしまうなんて。

秀作

［北陸郵政局長賞］

岡田　洋

千葉県　38歳

合格《ごうかく》した時《とき》、親戚中《しんせきじゅう》に電話《でんわ》しないで、
僕《ぼく》におめでとうと言《い》ってくれ。

秀作
［北陸郵政局長賞］
高橋　清志
千葉県　12歳

三年《さんねん》ぶりの故郷《こきょう》。
インドの旅《たび》の話《はなし》をしていたら、
「ここは日本《にほん》や」とボソリとお袋《ふくろ》が。

農家の出身で、尋常小学校卒ぐらいの無口な76才のお袋が、数年前ボソリと言ったひと言が心に残っています。ガンコそうでしぶとそうで…。「今を大切に」でしょうか。

秀作

［北陸郵政局長賞］

桃井 国志

東京都 54歳 画文作家

ウエカラ、シタカラ、
ミギカラ、ヒダリカラ、
オモテカラ、ウラカラ、
ドコカラミテモ母《はは》。

秀作
［北陸郵政局長賞］
三笑亭　笑三
東京都　72歳　落語家

お母《かあ》さん、毎日《まいにち》ふつうをありがとう。
ふつうには大変《たいへん》な努力《どりょく》があるんだね。

ふつうと思っている日には、いつもお母さんの努力があって、それが大変な努力だから。

秀作
［北陸郵政局長賞］
柳川 徹
福井県 12歳 中学校

母《はは》のようになりたいとか、なりたくないとか、
結局《けっきょく》、生《い》きる基準《きじゅん》になっているみたい。

秀作

［北陸郵政局長賞］

松見 良江
福井県 32歳 主婦

胸《むね》を張《は》って言《い》えるよ。
「私《わたし》はお母《かあ》さんになる人《ひと》を
選《えら》んで産《う》まれて来《き》た。」って。

私の母は他人の気持ちを考える心優しい人で、自分のことより人のことを思う人でした。
そんな母をとても尊敬しており、この母のところに産まれてきて良かったと思い書きました。

秀作

［北陸郵政局長賞］

内山　理恵

愛知県　19歳　主婦

お母《かあ》さんの嫌《いや》なところなんぼでも言《い》える。
でも他《ほか》の人《ひと》に言《い》われるのは気《き》にくわん。

秀作
［北陸郵政局長賞］
栗原 美香
岡山県 17歳 高校

窓辺《まどべ》で本《ほん》を読《よ》んでいるお母《かあ》さん。
お父《とう》さんが惚《ほ》れた理由《りゆう》、わかった気《き》がします。

特別賞

中井　守恵

北海道　15歳

おかあさんは　ケッコン。
わたしは　ロウゴ。
互《たが》いの心配《しんぱい》ばかりだね。

特別賞

佐藤 牧美
宮城県 31歳

公園《こうえん》で十円玉《じゅうえんだま》拾《ひろ》って、決《き》めた。
電話《でんわ》するのもいいけど、
週末《しゅうまつ》、帰《かえ》って話《はな》そう。

今年の募集テーマが、例年の「～への手紙」ではなくて、「母への想い」だったので、あてはまるかもしれないと思いました。実際は、手紙に書くことなどせず、何も知らせず、体だけポッカリ、帰ってしまうので。実は、そのぐらい、近くに住んでいるのです。

特別賞

朝田　由美子
福島県　29歳　公務員（教員）

母《かあ》さん。
僕《ぼく》はあなたの「しつけ」ではなく
「おしつけ」で育《そだ》ってしまいました。

特別賞

根本　聖子

茨城県　19歳

母《かあ》ちゃん。
薬《くすり》のんだ？ トイレいった？ 入歯《いれば》はずした？
じゃあ寝《ね》ていいよ、おやすみ。

ボケが進んで、毎日の生活のありのままをよんでみました。

特別賞

斎藤　輝男

栃木県　59歳　会社員

父《とう》さんとの出会《であ》いを、笑顔《えがお》で話《はな》す母《かあ》さんが、一人《ひとり》の女性《じょせい》に見《み》えてドキッとした。

普段、パートと家事をこなす気丈な母が、初めて母親から一人の女性になった気がしました。片想い中の私が母に、「父さんと出会えてよかった?」と尋ねたら、「もちろんよ。」と笑って言ったのです。「父さん毎日のように靴買ってたの。だって母さん靴屋のアルバイトしてたから…。」父と母の子で幸せだなぁと思いました。

特別賞

橋本　恵美子
栃木県　18歳　短期大学

「母《はは》は死《し》んだものと、あきらめて下《くだ》さい」

助《たす》けを求《もと》めた時《とき》の返事《へんじ》に、私《わたし》はめがさめた。

特別賞

宮本　サヨ子

千葉県　55歳　主婦

「隣《となり》は蒲焼《かばやき》だよ」と言《い》ったら、
次《つぎ》の日《ひ》母《はは》が鉄砲《てっぽう》ミミズの餌《えさ》で
鰻《うなぎ》を二匹《にひき》とってきた。

意地張りの母でした。

特別賞

小山 年男
千葉県 67歳

お母《かあ》さん、
宅急便《たっきゅうびん》の紐《ひも》が年々《ねんねん》ゆるく、
雑《ざつ》になっているのが心配《しんぱい》です。

九州の田舎で一人で家や山・田畑を守っている母へ、東京へ嫁いだ娘より

特別賞

青柳　直美
東京都　47歳

どうしていつも器用《きよう》に
私《わたし》の地雷《じらい》だけ踏《ふ》んで歩《ある》いて行《い》くんですか？

特別賞

山﨑　由夏

東京都　17歳　高校

「今《いま》、私幸《わたししあわ》せ。」
28年《ねん》の間《あいだ》に電話《でんわ》が5回《かい》。
この決《き》まり文句《もんく》でかけて来《く》る母《はは》は
結婚歴《けっこんれき》4回《かい》。

特別賞

高坂　ひろ子

神奈川県　42歳

ＦＡＸで
「あ」って送《おく》ったら、
「い」って返《かえ》ってくると思《おも》った。
「ほ」って何《なに》!?

特別賞

前川　卓司

神奈川県　28歳

妻《つま》には決《けっ》して言《い》えぬ
「メシまずい」
母《はは》には言《い》える
ふとした一言《ひとこと》

特別賞

保延　和正

山梨県　35歳　地方公務員

お母《かあ》さん、今日《きょう》は疲《つか》れているの、
まな板《いた》の音《おと》に元気《げんき》がないよ。

特別賞

古屋　麗奈

山梨県　17歳　高校

「何秒《なんびょう》つかまってられるか数《かぞ》えてて。」

ってごまかしてだっこしてもらうときがすき。

特別賞

尾野 健大

福井県 10歳 小学校5年

女帝《じょてい》！
私達《わたしたち》兄弟《きょうだい》5人《にん》は、
あなたの事《こと》そう呼《よ》んでいるのですよ！

明治生まれの86才の母は今だに皆医者となった子供達まで叱りとばし、
又5人の子供はまことに母につかえています

特別賞

樋口　明采

三重県　49歳　自営

習字《しゅうじ》、水泳《すいえい》、ボランティア、孫《まご》の相手《あいて》。
お母《かあ》さん、
血圧高《けつあつたか》いの、ウソとちゃうのん？

特別賞

横田　裕佳
兵庫県　27歳　主婦

父《とう》さんが亡《な》くなって一人《ひとり》テレビを見《み》てる後姿《うしろすがた》
母《かあ》さんこんなに小《ちい》さかったの。

特別賞

大濱　滋子

兵庫県　40歳　主婦

オバチャンって呼《よ》んでたら、
インコが真似《まね》するようになっちゃった。
ごめんね、ママ。

特別賞

山根　佳子

広島県　24歳　家事手伝い

誕生日《たんじょうび》、私《わたし》ではなく、あなたの記念日《きねんび》だと、
子供《こども》を産《う》んでやっと分《わか》った。

特別賞

永沼　朋子
福岡県　22歳　主婦

母への想い

佳作

洗濯《せんたく》は、私《わたし》がするよ。
今日《きょう》の晩《ばん》ごはんは心配《しんぱい》しないで。
って言《い》おうとは思《おも》ってる。

遠藤 多喜子
北海道 24歳 銀行員

いくつになってもパパに恋《こい》をしているママ、
とっても素敵《すてき》です♥

小窪 美穂
北海道 19歳

家出《いえで》てく事《こと》あんなに反対《はんたい》してたのに…
新《あたら》しいアイロン台《だい》、買《か》ってくれてありがとう。

宮本　亜津抄
北海道　27歳　会社員

母《かあ》さんは「男《おとこ》まさり」と言《い》われてた。
一人《ひとり》で傷《きず》つき、泣《な》いていたのに…。

中島　和美
北海道　28歳　2児の母

母《かあ》さん、姉《あね》の結婚式《けっこんしき》
勝気《かちき》な背中《せなか》が　小《ちい》さく見《み》えました
私《わたし》の時《とき》も、小《ちい》さくなるのかなぁ？

佐藤　尚子
北海道　23歳

父《ちち》とケンカをする度《たび》に
母《はは》の宝石《ほうせき》増《ふ》えてゆく…
明日《あす》の私《わたし》を見《み》るようで怖《こわ》い

成田　美和
北海道　28歳　主婦

お金《かね》がない時《とき》も
決《けっ》して口《くち》にはださなかったね母《かあ》さん。
――顔《かお》にはでてたけど（笑《わらい》）。

太田　博
北海道　35歳　公務員

父《とう》さんと一緒《いっしょ》のプリクラ届《とど》きました。
前《まえ》より少《すこ》しキレイになったんじゃない？

三輪　真凡
北海道　22歳　大学歯学部

私《わたし》より八《はち》キロ軽《かる》いお母《かあ》さんへ。
娘《むすめ》はくやしがりながら、
その細《ほそ》さを心配《しんぱい》しています。

石村 牧子
北海道 17歳 高校

浴室《よくしつ》が自慢《じまん》のマイホーム
まもなく完成《かんせい》するよ
入浴一番券《にゅうよくいちばんけん》をおふくろに送《おく》ります

西村 次可
北海道 56歳

イモがおいしいって、ご飯《はん》、食《た》べなかったわけ、
今《いま》になって分《わ》かったよ。ありがとう。

北海道　62歳
武井　幸夫

お母《かあ》さん。
お父《とう》さんの箸《はし》は汚《きた》ないって言《い》うのに、
どうして口《くち》にはチュウするの？

青森県　11歳　小学校
冨岡　未希

〝ほっぺ、ぺたぺた、ひっつき券《けん》〟
イッチ番《ばん》うれしかった!!
大《だい》、大《だい》、大《だい》すきお母《かあ》さんへ。

奈良岡 佐和子
青森県 9歳 小学校3年

子《こ》に「くたばれ!」と怒《おこ》るおふくろよ、
子《こ》の小《ちい》さい怪《け》我《が》でオロオロするなよ。

竹内 祐子
岩手県 55歳 酪農

ヤセるってほんと？
あんこ入《はい》ったダンゴ持《も》って、
体重測《たいじゅうはか》るのやめてちょうだい！

渡邊 真利子
岩手県 26歳 家事手伝い

畑《はたけ》でラジオを聞《き》きながら働《はたら》くお母《かあ》さん。
てぬぐいを被《かぶ》ってる姿《すがた》は畑美人《はたけびじん》だよ。

菅原 祥子
宮城県 17歳 高校

辛《つら》い時《とき》、いつも掃除《そうじ》していた母《かあ》さん。
この頃《ごろ》あまりしないけど、幸《しあわ》せですか？

田村　敏子
宮城県　31歳

母《かあ》ちゃんの「よくやった」は、
どんなことをしたら聞《き》けるんだ。

高橋　茂寿
宮城県　17歳　高校

5人家族《にんかぞく》に　4つ入《い》りコロッケ
いつも母《はは》だけ食《た》べないのに
なぜ　1番太《ばんふと》っているの

亀谷　千秋
秋田県　20歳

お母《かあ》さんは、磁石《じしゃく》なんだよ。
それで僕《ぼく》すぐくっついちゃうんだ。
だから怒《おこ》らないで。

小坂　玄樹
秋田県　6歳　小学校1年

お母《かあ》さんの背中《せなか》は、
洗《せん》たくや料理《りょうり》の香《かお》りがした。
あったかい香《かお》りがした。

小倉　るみ
山形県　11歳　小学校6年

お母《かあ》さんのエプロンをつけたら、
あたたかいにおいがした。
気持《きも》ちよかった。

斎藤　真太郎
山形県　11歳　小学校6年

書《か》きかけの自分史《じぶんし》残《のこ》して逝《い》った母《はは》。
その空白《くうはく》に笑顔《えがお》の日《ひ》の思《おも》い出《で》だけを綴《つづ》ります。

千葉　千代
山形県　69歳

留守電《るすでん》のメッセージ長《なが》すぎて切《き》れていました。
今度《こんど》は　いる時《とき》に電話《でんわ》下《くだ》さい。

橘内　史歩
福島県　25歳　公務員

ダイエット宣言《せんげん》をしたお母《かあ》ちゃん。
太《ふと》ってるお母《かあ》ちゃん、そのままが大好《だいす》き。

佐藤　宏実
福島県　17歳　高校

母《かあ》さんが入院《にゅういん》した時《とき》、
なんだか家《いえ》の中《なか》に大《おお》きな穴《あな》が
あった様《よう》な感《かん》じがしたよ。

松浦　紀江子
福島県　15歳　高校

行《い》く度《たび》　持《も》たされる沢山《たくさん》のお土産《みやげ》。
「大丈夫《だいじょうぶ》、大丈夫《だいじょうぶ》」って、全然大丈夫《ぜんぜんだいじょうぶ》じゃないよ。

加倉井　紀子
茨城県　28歳

母《かあ》さんの形見《かたみ》の時計《とけい》、あなたの鼓動《こどう》が、
私《わたし》の腕《うで》の中《なか》で、いつでも一緒《いっしょ》です。

小澤　恭子
茨城県　57歳　主婦

父《ちち》の遺品《いひん》の変色《へんしょく》した手紙《てがみ》
丸《まる》いあなたの字《じ》と
角《かく》ばったお父《とう》さんの字《じ》が　眩《まぶ》しかった

武山　幸代
茨城県　35歳

心配《しんぱい》なの、
ママが知《し》らないうちにきえてしまいそうで、
恐《こわ》いからそばにいて下《くだ》さい。

木幡　美智子
茨城県　16歳　高校

父《ちち》を殴《なぐ》ろうとした私《わたし》の袖口《そでぐち》を摑《つか》んだ、母《はは》よ、
あなたの力《ちから》のなんと強《つよ》かったことか。

津田 正義
茨城県 58歳 農業

百点《ひゃくてん》とったら、十万円《じゅうまんえん》って
母《かあ》ちゃん、すでに、あきらめてるじゃん。

井坂 雄二
茨城県 16歳

悲《かな》しんで下《くだ》さい。
残念《ざんねん》ながら、まだ、
一番大切《いちばんたいせつ》な人《ひと》は貴女《あなた》なんです。

矢口 恭子
茨城県 17歳 高校

おれ、馬鹿《ばか》で元気《げんき》。蛮《ばん》カラで茶髪《ちゃぱつ》。
可《か》もなく大《おお》きな不可《ふか》もなし。長所《ちょうしょ》は母想《ははおも》い。

宮本 誠
茨城県 19歳 大学1年

夏《なつ》の夕《ゆう》、関東平野《かんとうへいや》を散歩《さんぽ》する。
刻一刻《こくいっこく》変《かわ》っていく雲《くも》のドラマ。
母《はは》よ此《こ》の命《いのち》、ありがとう。

武田　貴美子
茨城県　51歳　主婦

洪水《こうずい》の夜《よる》、僕《ぼく》を救《すく》って星《ほし》になったお母《かあ》さん。
まま母《はは》だったとずっと後《あと》に知《し》りました。

長谷川　洋児
栃木県　56歳

私《わたし》が生《う》まれ母《はは》が他界《たかい》して五十年《ごじゅうねん》、
写真《しゃしん》だけの母《はは》、今《いま》は私《わたし》の方《ほう》が母親《ははおや》みたいですね。

野村　百合子
群馬県　50歳　旅館勤務

三十五文字《さんじゅうごもじ》の長《なが》さでは八回言《はちかいい》えるね「お母《かあ》さん」
一生《いっしょう》の内《うち》では何度呼《なんどよ》ぶんだろう。

櫻井　明美
群馬県　20歳　大学

「あれ持《も》ってきて」「あれしなきゃ」
「そんなんじゃあれだよ」
あれって何《なに》さ

須賀 諭
群馬県 17歳 高校

威厳《いげん》があり、
そして優《やさ》しく接《せっ》してくれる鯨《くじら》の様《よう》な母《はは》に、
ありがとう。

阿部 直希
群馬県 15歳 高校

子供《こども》が二十歳《はたち》過《す》ぎたら
母親《ははおや》である権利《けんり》はあっても義務《ぎむ》はないよ。
ねぇ、リラックス。

古瀬　由美子
群馬県　23歳　パートタイマー

震度《しんど》4。弟《おとうと》と私《わたし》を鷲掴《わしづか》みに、
掛《か》け布団《ぶとん》のように被《かぶ》さった母《はは》。
苦《くる》しくて暖《あたた》かかった。

渡辺　貢
群馬県　39歳　教職員

虹《にじ》の色《いろ》、本当《ほんとう》はひとつだって　しってた？
母《かあ》さんの愛《あい》も　そうなんだね　きっと。

新井　美妃
群馬県　27歳　大学院

母《かあ》さんと私《わたし》は
表面《ひょうめん》は切《き》れてるけど　裏《うら》はくっついている
タクアンみたいね。

野口　里美
埼玉県　37歳

娘《むすめ》は母《はは》の作品《さくひん》と申《もう》しますが、
あなたの作品《さくひん》はなかなかの逸品《いっぴん》ですよ。

小堀　美喜子
埼玉県　28歳　会社員

おかあさんいつもなきむしでごめんね。
なきむしおそとにすてててくるね。

出羽　美理
埼玉県　6歳　幼稚園

わからねえ。こんなにダメな俺《おれ》に、
なんで　そんなにやさしくできるんだ。

宮前　知光
埼玉県　23歳　浪人

あなたの言葉《ことば》でついた傷《きず》、
かさぶたになる頃《ころ》には、
私《わたし》も大人《おとな》になってるかな。

鈴木　秀子
埼玉県　16歳　高校

「お葬式《そうしき》に使《つか》って」いつものセリフ。
ファインダー越《ご》しに
「ハイハイ」しか言《い》えない私《わたし》。

アハメッド・ユミ子
埼玉県 29歳 主婦

最初意味《さいしょいみ》ないと思《おも》ったけど
毎年撮《まいとしと》ってる家族写真《かぞくしゃしん》
ずっと続《つづ》くといいね　お母《かあ》さん

髙橋 紀夫
埼玉県 21歳 学生

「くつ下《した》でもかてね。」の手紙《てがみ》は私《わたし》の宝物《たからもの》。
震文字《ふるえもじ》を抱《だ》き締《し》めると母《かあ》さんの声《こえ》がするよ。

品田　浩代
埼玉県　41歳　主婦

半《はん》そで届《とど》きました。
折目《おりめ》、折目《おりめ》に母《はは》のぬくもりを感《かん》じます。
母《はは》の笑顔《えがお》を思《おも》い出《だ》します。

根岸　弥生
埼玉県　20歳　看護学生

近頃《ちかごろ》、あなたの愛情《あいじょう》が軽《かる》くなったと感《かん》じるのは、
僕《ぼく》が大人《おとな》になった証《あか》しなのですか？

古口　学史
埼玉県　22歳　大学

大好《だいす》きなおかあさん、
一緒《いっしょ》に歩《ある》いた道《みち》は、ぜーんぶ
私《わたし》にとっての観光名所《かんこうめいしょ》です。

宮原　菜穂子
埼玉県　32歳

オレの前《まえ》でHな話《はなし》をしないでくれ。
もう意味《いみ》わかるんだから。

田中 聡
埼玉県 14歳 中学校

今朝《けさ》 夢《ゆめ》で 父《とう》さんが 言《い》ってた。
「こっちによこすな」って
母《かあ》さん ふられちゃったね。

井手 秀子
埼玉県 49歳 主婦

裏《うら》か表《おもて》かわからない　手製《てせい》のワンピース、
針穴《はりあな》の先《さき》、母《はは》の生《い》き方《かた》をのぞく。

栗田 康子
千葉県 31歳 主婦

「危篤《きとく》だよ。」電話《でんわ》の向《む》こうから元気《げんき》な声《こえ》。
何回《なんかい》でも、だまされてあげるね。母《かあ》さん。

宇佐美 薫
千葉県 37歳 主婦

母《はは》が買《か》ってくれたもの。
私《わたし》がつらい時《とき》、ＣＤ。うれしい時《とき》、問題集《もんだいしゅう》。
なぜ問題集《もんだいしゅう》なのかな？

橘川　春奈
千葉県　15歳　中学3年

朝《あさ》は一番早《いちばんはや》く起《お》き　夜《よる》は一番遅《いちばんおそ》く寝《ね》て
見《み》てない所《ところ》で風邪《かぜ》直《なお》す　カッコ良《よ》すぎだヨ

沢田　抄子
千葉県　27歳

母《かあ》さんが童謡《どうよう》を唄《うた》い出《だ》す時《とき》は、
何《なに》かに苛立《いらだ》っている時《とき》。
もうとっくに分《わか》っています。

谷津　悦子
千葉県　48歳

母《かあ》さん、お願《ねが》い。嫁《よめ》さんの悪口《わるくち》聞《き》きたくないよ。
私《わたし》が姑《はは》に言《い》われてる様《よう》で、辛《つら》いから。

石井　みどり
千葉県　50歳　主婦

知《し》っていましたか？
兄《あに》の生徒手帳《せいとてちょう》に、
あなたの少女《しょうじょ》の頃《ころ》の写真《しゃしん》が挟《はさ》まっていたのを。

植本　礼子
千葉県　43歳　主婦

朝六時《あさろくじ》、ビル掃除《そうじ》に向《む》かう母《はは》の鞄《かばん》に
見《み》つけた紙切《かみき》れ、年金《ねんきん》の受給年齢《じゅきゅうねんれい》と支給率《しきゅうりつ》。

吉田　みどり
東京都　36歳

九十歳超《きゅうじゅっさいこ》えたる母《はは》が
タクシーに乗《の》りて通《かよ》いゆくカルチャー教室《きょうしつ》。
すごいわね。

豊田　育子
東京都　63歳　日本語教師

「一々電話《いちいちでんわ》するなよ。」
今日《きょう》が母《はは》の日《ひ》と知《し》らなかった私《わたし》。
借《か》りは来年返《らいねんかえ》します。

竹内　和彦
東京都　22歳　大学生

ままはどうして
おかあさんがしんでもいきていかれるの

上岡 慧子
東京都 7歳 小学校

「こうして死《し》を迎《むか》えるのよ」と、
美《うつく》しい顔《かお》で逝《い》った母《かあ》さん、
最後《さいご》の教《おし》えありがとう。

桐野 薫
東京都 45歳 主婦

やっぱ、俺東京《おれとうきょう》を離《はな》れん。
バンドで生《い》きる。
母《かあ》ちゃーん、兄《にい》ちゃんを頼《たよ》ってくれ!! 合掌《がっしょう》

広保 宣
東京都 20歳 学生

お母《かあ》さんが大好《だいす》きだった着物《きもの》から
あなたの匂《にお》いがきえました
来年《らいねん》は 二十三回忌《にじゅうさんかいき》

長倉 朝子
東京都 56歳

モノトーンの装《よそお》い、
ルージュはイブサンローランの幻《まぼろし》の19番《ばん》が
お好《この》みの母《はは》は84歳《さい》。

宮崎　惠子
東京都　53歳　会社員

看護婦《かんごふ》をしている母《はは》は
帰《かえ》ってくると病院《びょういん》の匂《にお》いがする。
私《わたし》が一番《いちばん》安心《あんしん》する匂《にお》い

辻村　早苗
東京都　18歳　高校

子供《こども》の時《とき》、ママの強《つよ》さが好《す》きだった。
十代《じゅうだい》の頃《ころ》は、嫌《いや》だった。
今《いま》は羨《うらや》ましい。…女《おんな》として。

黒岩　尚子
東京都　31歳　カウンセラー

本好《ほんず》きだったお母様《かあさま》。
貴方《あなた》の曾孫《ひまご》も
『アンネの日記《にっき》』を読《よ》む年頃《としごろ》になりましたよ。

久保田　智子
東京都　61歳　主婦

母《かあ》さん　父《ちち》を看病《かんびょう》し　私《わたし》を看病《かんびょう》し
自分《じぶん》は看病《かんびょう》させず
逝《い》ってしまった　母《かあ》さん

小泉　春枝
東京都　51歳

一人《ひとり》っ子《こ》じゃ寂《さび》しかろうと、
難産《なんざん》に耐《た》えて妹《いもうと》を生《う》んでくれた母《はは》。
長生《ながい》きしてね。

大久保　昇
東京都　30歳　通信大学4年

川《かわ》の側《そば》のおばちゃんに近《ちか》づくと日溜《ひだま》りの香《におい》がした。
私《わたし》を生《う》んだ母《はは》と知《し》った夏《なつ》の日《ひ》。

山岸 友
東京都 61歳 主婦

写真《しゃしん》を送《おく》る度《たび》に
「大《おお》きくなったねー」と、お母《かあ》さん。
もう四十歳《よんじゅっさい》過《す》ぎました。

原田 つとむ
東京都 48歳

「今《いま》、時間《じかん》がないの。」
置《お》いた受話器《じゅわき》に一日中《いちにちじゅう》、心《こころ》の中《なか》でごめんなさい。

田村　玲子
東京都　41歳　主婦

僕《ぼく》が覚《おぼ》えた　お母《かあ》さん式玉《しきたま》ねぎのみじん切《ぎ》り。
すごく涙《なみだ》が出《で》ます。

鈴木　道信
東京都　21歳

もう言《い》わなくてもわかるよね。
一緒《いっしょ》に食事《しょくじ》した彼女《かのじょ》が母《かあ》さんと暮《く》らすんだよ。

岡田　行弘
神奈川県　27歳　会社員

いつも私《わたし》を支《ささ》えてくれてありがとう。
今度《こんど》は私《わたし》が分母《ぶんぼ》になります。

林　真理
神奈川県　16歳　高校

怒《おこ》る時《とき》「兄《にい》ちゃんメッ。」はやめてよ。
一才《いっさい》の妹《いもうと》と同《おな》じじゃ、中学生《ちゅうがくせい》のメンツなし。

尾口　英紀
神奈川県　12歳　中学校

亡《な》き継母《はは》へ
復員《ふくいん》した時《とき》、ワッと泣《な》いた母《かあ》さん
俺《おれ》のおふくろになって呉《く》れて、有難《ありがと》う

西條　清三郎
神奈川県　73歳

全《すべ》ての嘘《うそ》を母《はは》が知《し》ったらどうなるのだろう。
それが恐《おそろ》しく、僕《ぼく》は嘘《うそ》を繰《く》り返《かえ》す。

高見　啓介
神奈川県　15歳　中学校

痴呆症の母へ
幸《しあわ》せそうにしてたけど
忘《わす》れたい事《こと》　いっぱいあったんですね

渡辺　洋子
神奈川県　54歳

ねこ背《ぜ》　頬杖《ほおづえ》　嘘笑《うそわら》い
語尾《ごび》をごまかす話《はな》し方《かた》
悲《かな》しいものは　みな　母《はは》に似《に》た

幸田　亜子
神奈川県　30歳　主婦

一番《いちばん》はじめの友達《ともだち》はお母《かあ》さんでした
いつも仲良《なかよ》くしてくれて、ありがとう。

藤城　美奈
神奈川県　19歳

母《はは》に手放《てばな》しで誉《ほ》められた記憶《きおく》があれば、
もっと自分《じぶん》に自信《じしん》を持《も》てたかもしれない。

小林　真希子
神奈川県　32歳

「誰《だれ》が、生《う》んでくれって頼《たの》んだ!!」言《い》ったあと、
多分私《たぶんわたし》が頼《たの》んだのだろうと気《き》がついた。

三井　真紀
山梨県　22歳　大学

心配御無用《しんぱいごむよう》。ちゃんと俺《おれ》がついている！
ボケも自然現象《しぜんげんしょう》の一《ひと》つだよ。

村山 勝海
長野県 59歳 農業

翌朝《よくあさ》、ボコボコ水筒《すいとう》が赤《あか》い布《ぬの》に覆《おお》われて。
喜《よろこ》んで遠足《えんそく》に出《で》かけた日《ひ》、今《いま》も忘《わす》れません。

桜井 喜美子
新潟県 55歳 主婦

お母《かあ》さん、畑《はたけ》の野菜《やさい》を起《お》こす前《まえ》に、
私《わたし》を真《ま》っ赤《か》なトマトだと思《おも》って起《お》こして下《くだ》さい。

藤川 里子
新潟県 18歳 高校

お母《かあ》さんから貰《もら》ったオッパイ一《ひと》つ落《おと》しちゃった。
残《のこ》るひとつを大事《だいじ》にします。

稲垣 ヨシ子
新潟県 56歳 主婦

捨《す》て切《き》れず、憎《にく》み切《き》れず、拒《こば》み切《き》れず
本当《ほんとう》に厄介《やっかい》です　母《あなた》の愛《あい》は。

腰本　公彦
富山県　36歳

お母《かあ》さん、僕《ぼく》といっしょに鳥取砂丘《とっとりさきゅう》へ行《い》って
自分《じぶん》を探《さが》そう。

堀田　貴史
富山県　17歳　高校

こんなに萎《しぼ》んだお袋《ふくろ》から、
俺《おれ》が出《で》てきたなんて不思議《ふしぎ》だな。
いろいろとありがとう。

名子 哲夫
石川県 51歳 国家公務員

一人暮《ひとりぐ》らしを始《はじ》めて思《おも》ったこと
「うるさいなあ」＝『うれしいなあ』

松林 里佳
石川県 20歳 アルバイト

え！　きょう　お父《とう》さんしゅっちょうか！
ぼく、お母《かあ》さんといっしょにねる。

坪井　大
石川県　9歳　小学校

お母《かあ》さん、置《お》き手紙《てがみ》くらい教師《きょうし》根性《こんじょう》捨《す》ててよ。
要点箇条書《ようてんかじょうが》きにしなくていいからさ。

四十住　基子
石川県　31歳　教員

「私《わたし》の母《はは》です。ハハハ…」
「いいえ、姉《あね》なんです。ホホホ…」
かなわんワ、母《はは》。

増田 直子
福井県 19歳 大学

目覚《めざま》し時計《どけい》は母《かあ》さんと違《ちが》って
一回《いっかい》しか起《お》こしてくれません。
ちょっと困《こま》ってます。

前田 和晃
福井県 16歳 高校

お母《かあ》さん、私《わたし》は知《し》っている。
弟《おとうと》を起《お》こす時《とき》の声《こえ》と私《わたし》を起《お》こす時《とき》の声《こえ》の違《ちが》いを。

小林　瑶子
福井県　12歳　中学校

僕《ぼく》はサボテンだから触《ふ》れるとけがするよ。
でも今《いま》にきれいな花《はな》をさかせてみせる。

斉藤　雄一
福井県　15歳　中学校

お母《かあ》さんが、二週間《にしゅうかん》の病院《びょういん》から出《で》たとき、
お父《とう》さんはひさびさに、シャレを言《い》った。

吉田　育代
福井県　13歳　中学校

別《わか》れたのに、いつまでもこないで下《くだ》さい。
僕《ぼく》らの気《き》持《も》ちも知《し》らないのに。

加藤　真一
福井県　14歳　中学校

ママとけっこんするってやくそくしたけど、
しわがおおいのでやめた。ごめんの。

高田　龍ノ介
福井県　5歳　幼稚園

ガサガサの母《はは》の手《て》は孫《まご》の手《て》
私《わたし》の手《て》もガサガサになりました。
母《はは》の背中《せなか》をかくね。

船木　洋子
福井県　47歳　旅館業

お母《かあ》さん、朝起《あさお》きる時《とき》「発車《はっしゃ》します。」
といって起《お》こすのはやめて!!
私《わたし》はもう五年生《ごねんせい》だよ!!

窪田　亜夏李
福井県　11歳　小学校

「女《おんな》がほしけりゃホレてみろ
比《くら》べるであかんのや。」
「山家《やまが》のB型《がた》は、きついこと言《い》うぜ。」

熊野　九郎右ヱ門
福井県　42歳

「皿《さら》洗《あら》っといて。」
もう…せっかく知《し》らん間《ま》に洗《あら》って
喜《よろこ》ばせようと思《おも》ったのに…

三好 鮎美
福井県 15歳 高校

棺《ひつぎ》に眠《ねむ》る母《かあ》さんに おはようと言《い》った父《ちち》の声《こえ》
聞《き》こえていたよね お母《かあ》さん

山崎 ハマ子
福井県 46歳 店員

新婚旅行《しんこんりょこう》について来《き》たおかん。
わしは三日後《みっかご》満州《まんしゅう》へ行《い》くことになっていたもんな。

岡本　純治
福井県　80歳

お見合《みあ》いの翌日《よくじつ》、
彼《かれ》の家《いえ》を二周《にしゅう》して来《き》たお母《かあ》さん、
お母《かあ》さんね。

石川　晶子
福井県　25歳　公務員

僕《ぼく》も生《い》きてる　母《はは》も生《い》きてる
それだけで、いいんじゃないのか。

柿本　智樹
福井県　15歳　高校

うるせえ、だまれ、もういいって、ひっこんどけ、
いろいろいわせてもらっています。

岩下　敬志
福井県　16歳　高校

娘《むすめ》の独《ひと》り立《だ》ちは、結婚《けっこん》？　出産《しゅっさん》？
いいえ、あなたを亡《な》くしたその日《ひ》からでした。

吉田　郁子
福井県　42歳　教員

ちかごろお母《かあ》さんはきがたっていますので、
きをおさめてください。

長尾　芳樹
岐阜県　11歳

酔《よ》うと台所《だいどころ》で踊《おど》る母《はは》。
思《おも》わず一緒《いっしょ》に歌《うた》ってしまう私《わたし》。
やっぱり親子《おやこ》だね。

広松　紀子
岐阜県　20歳　主婦

母《はは》よ貴女《あなた》は、口《くち》は悪《わる》く見栄張《みえっぱ》りのマイナス思考《しこう》、
あ、しまった、誉《ほ》めるつもりが。

石田　淳子
岐阜県　37歳　主婦

父《ちち》に従《つ》いて満洲《まんしゅう》までも行《い》ったあなた。
息子《むすこ》はそんな女性《じょせい》を捜《さが》して未《いま》だ独身《どくしん》。

鈴木　満壽夫
静岡県　53歳　会社員

天国の母へ
先日《せんじつ》アナタの通信簿《つうしんぼ》が出《で》て来《き》た
遺伝子《いでんし》の証明《しょうめい》を大切《たいせつ》に保管《ほかん》します。

松本　健一郎
静岡県　61歳

孫《まご》を宅急便《たっきゅうびん》で送《おく》れと言《い》う。
ねえ、母《かあ》さん、私《わたし》も、いっしょに、いかが。

平野 美知
静岡県 31歳 主婦

誕生日《たんじょうび》、三月三日《さんがつみっか》と書《か》く度《たび》に
「おかあさん、ありがとう」と言《い》っています。

松本 禮子
愛知県 64歳

お母《かあ》ちゃん、昔《むかし》離婚《りこん》しなくて、ありがとう。
今《いま》、子供達《こどもたち》は、おじいちゃんが大好《だいす》きです。

鈴木 静江
愛知県 52歳 会社事務員

花《はな》のにおい、風《かぜ》のにおい、海《うみ》のにおい。
一番好《いちばんす》きなのはお母《かあ》さんのにおい。

山ノ内 綾
愛知県 15歳 高校

戸籍上《こせきじょう》、私《わたし》は貴方《あなた》の妹《いもうと》。
語《かた》れぬ事情《じじょう》、聞《き》かれぬ心情《しんじょう》、
母《かあ》さんこのまま逝《ゆ》くつもり?

上野　ミチ子
愛知県　56歳

びーだま2つあげるから、きょうは、
ぼくだけのおかあさんになってください。

加藤　隆彦
三重県　6歳　小学校

あ、電報《でんぽう》だ！　あ、花《はな》だ！　誰《だれ》から？
は？　お母《かあ》さん？
ドキドキしたのに。でも嬉《うれ》しかった。

西村　有美
三重県　23歳　主婦

私《わたし》の好《す》きな人《ひと》の話《はなし》で笑《わら》うのやめてよ。
お父《とう》さんだってかっこよくないじゃない。

池本　亜弥
三重県　13歳　女子学園

「疲《つか》れた」と言《い》って下《くだ》さい。
「しんどい」と言《い》って下《くだ》さい。
隠《かく》れて薬《くすり》、飲《の》まないで下《くだ》さい。

井上　二三夫
京都府　45歳　自営業

突然《とつぜん》の雨《あめ》やったけど、
ゆっくり話《はなし》が出来《でき》たね、お母《かあ》ちゃん。
何年《なんねん》ぶりやろ。

吉田　鶴子
京都府　51歳　パートタイマー

嫁《い》き遅《おく》れシスターズもまた楽《たの》し、やろ？
なぁ、どこにしよう、次《つぎ》の旅行《りょこう》は。

山木　美里
京都府　28歳　図書館職員

親不孝《おやふこう》が刻《きざ》んだ深《ふか》い皺《しわ》。
親孝行《おやこうこう》したら一層《いっそう》しわしわになったやんか。

青木　龍一
大阪府　31歳　会社員

お母《かあ》さんがそろえてくれた鍋《なべ》や鏡台《きょうだい》が、
「幸《しあわ》せになりなさい」と言《い》っているようです。

長岡　温子
兵庫県　28歳

嫁《とつ》ぐ前日《ぜんじつ》だから電話《でんわ》したのに
「何《なに》か用《よう》」はないと思《おも》う（わざとだったのかなぁ）。

秋本　里佳
兵庫県　29歳　会社員

子供《こども》の好物《こうぶつ》は「大嫌《だいきら》い」と
決《けっ》して口《くち》にしなかった母《はは》、
優《やさ》しい嘘《うそ》と、十一人《じゅういちにん》の兄弟《きょうだい》　有難《ありがと》う。

河本　律子
奈良県　54歳　書道教師

お母《かあ》さん、嬉《うれ》しかったんだね、里《さと》で迎《むか》える夏祭《なつまつり》。
だって、日傘《ひがさ》がクルクル回《まわ》ってたもの。

飯谷　慎二
島根県　50歳

あなたは子供《こども》らしくない私《わたし》が嫌《きら》い。
私《わたし》も母親《ははおや》らしくないあなたが嫌《きら》い。それでよし。

杉本 祐子
岡山県 17歳 高校

母《はは》よ 応募《おうぼ》の短文《たんぶん》を書《か》き
僕《ぼく》に見《み》せるのやめてくれ
僕《ぼく》は母似《ははに》で涙《なみだ》もろいから

石原 美幸
岡山県 43歳

おかあさんに、かみをきってもろうた。
ぼくはせかいいちはんさむになったよ。

栗栖　晶
広島県　21歳
デイサービスセンター

お母《かあ》さん、今日《きょう》はスカートはいてる。
かわいいなぁ。
ぼくはそっちのほうがすきだよ。

二野宮　三郎
広島県　5歳　保育園

どこにいますか
あなたとの太《ふと》い絆《きずな》も、長《なが》すぎて、
たぐりよせることができません。

娘《むすめ》

野田 和子
徳島県 58歳 教員

角《かど》を曲《ま》がり、姿《すがた》がなくなっても、
見送《みおく》ってくれてたんだね。
忘《わす》れ物《もの》してよかった。

香川 芳一
香川県 46歳 地方公務員

母《かあ》さん、耳鳴《みみな》りは潮騒《しおさい》、
かすみ目《め》は花《はな》がすみやから、
あんきに暮《く》らすこと。

松本　公子
愛媛県　50歳　教員

泣《な》いた。恨《うら》んだ。幼《おさな》い故何《ゆえなに》も分《わか》らず
病弱《びょうじゃく》な父《ちち》の代《かわ》りに働《はたら》く母《はは》が一番辛《いちばんつら》かったろうに。

近藤　みき代
愛媛県　47歳　会社員

母《かあ》さん痴呆《ちほう》だって、まぁいいか。
素敵《すてき》な母《かあ》さんが可愛《かわい》い母《かあ》さんになっただけだ。

川原　高敏
愛媛県　46歳　地方公務員

逆縁《ぎゃくえん》でもいい、そう思《おも》う程《ほど》、
いつかあなたを見送《みおく》る時《とき》が来《く》るのが、
とても、怖《こわ》い。

石田　早苗
高知県　26歳　主婦

みんな同《おな》じでしょうか
「うちのお母《かあ》さんだけは絶対死《ぜったいし》なない。」と
思《おも》っているのは。

田中 眞理
福岡県 44歳 公務員

おとうさんの死《し》んでからが、
一番《いちばん》たのしかったなんて
ショックでした。

青沼 ミユキ
福岡県 66歳 自由業

初《はじ》めてあんな顔《かお》を見《み》た。世界一幸《せかいいちしあ》せな顔《かお》。
複雑《ふくざつ》だけど嬉《うれ》しかった。再婚《さいこん》おめでとう。

井手 響子
福岡県 15歳 高校1年

書《か》くったって書《か》くことがないぞ母《かあ》さん。
どう思《おも》ってるかぐらいわかるだろ母《かあ》さん。

伊藤 優
熊本県 16歳 高校

母《はは》のやさしさは大《おお》きな木《き》の根《ね》。
枝《えだ》や葉《は》っぱに伸《の》び過《す》ぎた僕《ぼく》がいつか帰《かえ》る故郷《ふるさと》。

秋岡 美樹夫
熊本県 42歳 公務員

「次《つぎ》はいつ帰《かえ》るん？」電話《でんわ》のたびに聞《き》くあなた。
まるで遠距離恋愛《えんきょりれんあい》だね。

大原 洋子
大分県 43歳 速記者

「ムカツク」という言葉《ことば》がやっと理解《りかい》できました。
何度《なんど》も言《い》ってゴメンナサイ。

坂本 佳代
大分県 17歳 高校

ごはんの匂《にお》いを嗅《か》いだら、
塩《しお》のきいたお母《かあ》さんの
おにぎりが食《た》べたくなりました。

黒澤 かず
沖縄県 26歳 主婦

見《み》えないけど足音《あしおと》を感《かん》じる
いたのね　母《かあ》さん
ありがとう　もう大丈夫《だいじょうぶ》よ　私《わたし》

新屋敷　弘子
カナダ　52歳

日本《にほん》のアメをなめたらお母《かあ》さんの味《あじ》がした
心《こころ》がふんわりとろけそう

作間　由貴子
ブラジル　50歳

母《はは》の位牌《いはい》を抱《だ》いて訪日致《ほうにちいた》します。
あんなに帰《かえ》りたがっていたのですものね。

岩瀬　紀美子
ブラジル　61歳

畦《あぜ》に座《すわ》り、膝小僧《ひざこぞう》で割《わ》って食《た》べた西瓜《すいか》、
最高《さいこう》に、うまかったね。

山下　重子
ブラジル　55歳　主婦

英語版「母」への想い　一筆啓上賞

A Brief Message from the Heart LETTER CONTEST

"A Memory of Mom"

When I'm playing basketball
I hear you saying "yeah"
for every shot I make,
and "almost"
for every time I miss.

Sheila Straub (Portland, OR / F.10)

バスケしてると
いつもきこえてくるの
きまったときは「よし」
はずしたときは「おしい」って
いってくれるのが

シーラ・ストラウブ（オレゴン州ポートランド市 10歳）

My daughter holds my hand
this moment is pure joy
her hand so small
I think — my hand was once
like this, before — in yours.

Hilary D. Campbell (Portland, OR / F.24)

娘が私の手をとる
代え難い喜びの一時
その手はとても小さくて
私の手も昔はこんなだったのね
あなたの手の中で

ヒラリー・キャンベル（オレゴン州ポートランド市 24歳）

In the dark kitchen
Mother and I sneak chocolate
Harsh words forgotten.

Leah Shapiro ((Portland, OR / F.41)

暗い台所で
お母さんとこっそり
チョコレート食べた
きつい言葉かわしたのも忘れて

リア・シャピロ（オレゴン州ポートランド市 41歳）

あとがき――ふたたび母へ

母への手紙で始まった「一筆啓上賞」。丸岡へお寄せいただいた手紙は、すでに三〇万通を超えました。家族への手紙、愛の手紙、父への手紙、そして母への想いは、深く静かに語りかけてくれます。

どんなに心で想っていても、言葉にしなければ伝わりません。手紙とはとても素敵で、ユーモアと機知に富んだ、楽しい伝達手段。想いを多くの物語とともに伝えてくれます。「ふたたび母を」との、多くの声をいただいて実施した、第五回一筆啓上賞「日本一短い手紙『母』への想い」。六万五七八八通の手紙には、セピア色の写真に母の姿を見るような、時間の流れがありました。それぞれの人が歩んできた道程のなかで、母とのかかわりを模索したり、想いを確かめたり、自分自身の姿をクローズアップしています。

この五年間、〝手紙文化〟から〝手紙文学〟へと、夢をふくらませてきましたが、どうにか一歩近づけたような気がします。二十五文字から三十五文字の世界が、無限の広がりを感じさせてくれます。

郵政省（現　郵便事業株式会社）の皆様には、さまざまな形でご支援いただきました。住友グループの皆様には、アメリカでの「一筆啓上賞」など、多方面な広がりに大きな力添えをいただきました。心から感謝いたします。

この増補改訂版発刊にあたり、丸岡町出身の山本時男さんがオーナーである株式会社中央経済社の皆様には、大きなご支援をいただきました。ありがとうございました。

最後になりましたが、西予市とのコラボが成功し、今回もその一部について関係者の方にご協力いただいたことに感謝します。

二〇一〇年四月吉日

編集局長　大廻　政成

日本一短い手紙　「母」への想い　一筆啓上賞〈増補改訂版〉

二〇一〇年五月二〇日　初版第一刷発行

編集者――水崎亮博
発行者――山本時男
発行所――株式会社中央経済社
〒一〇一－〇〇五一
東京都千代田区神田神保町一－三一－二
電話〇三－三二九三－三三七一（編集部）
〇三－三二九三－三三八一（営業部）
http://www.chuokeizai.co.jp/
振替口座　00100-8-8432
印刷・製本――株式会社　大藤社
編集協力――辻新明美

＊頁の「欠落」や「順序違い」などがありましたらお取り替えいたしますので小社営業部までご送付ください。（送料小社負担）

ISBN978-4-502-42960-6　C0095